ANIMALES DE LA PREHISTORIA
TIGRE DIENTES DE SABLE
SMILODON

ILUSTRACIONES DE ALESSANDRO POLUZZI

Historias
gráficas

TIGRE DIENTES DE SABLE (SMILODON)

Título original: *Sabertooth Tiger (Smilodon)*

© 2017 David West Children's Books

© 2017 Gary Jeffers (texto y diseño)
© 2017 Alessandro Poluzzi(ilustraciones)

Diseñado y producido por David West Children's Books,
6 Princeton Court 55 Felsham Road, Londres, SW15 1AZ

Traducción: Alfredo Romero

D.R. © Editorial Océano, S.L.
Milanesat 21-23, Edificio Océano
08017 Barcelona, España
www.oceano.com

D.R. © Editorial Océano de México, S.A. de C.V.
Eugenio Sue 55, Polanco Chapultepec
Miguel Hidalgo, 11560, Ciudad de México
www.oceano.mx
www.oceanotravesia.mx

Primera edición: 2018

ISBN: 978-607-527-432-4
Depósito legal: B-7582-2018

IMPRESO EN ESPAÑA / PRINTED IN SPAIN

9004435010318

CONTENIDO

¿QUÉ ES UN TIGRE DIENTES DE SABLE?

SMILODON SIGNIFICA "DIENTE DE CUCHILLA"

Los tigres dientes de sable vivieron entre 2.5 millones y 10 mil años atrás, durante el periodo **Pleistoceno.** Se han encontrado fósiles de su esqueleto en Norteamérica y Sudamérica (ve la página 22).

Tenía un par de dientes **caninos** muy largos, curvados como un sable.

Sus hombros, patas delanteras y cuello eran enormemente fuertes, mucho más que los de un león.

Aunque era un poco más pequeño que un león, pesaba el doble.

Podía abrir sus fauces dos veces más que un león.

Tenía una cola corta, así que probablemente no perseguía a su presa distancias largas como los leones.

SMILODON FATALIS (LETAL) MEDÍA 1.75 M DE LONGITUD Y 1 M DE ALTURA A LOS HOMBROS. PESABA 281 KG.

Tenía patas traseras fuertes para saltar.

Tenía unas garras poderosas que podía retraer y guardar en sus grandes patas.

Así te verías junto a un tigre dientes de sable.

DATOS SOBRE ESTA ASOMBROSA CRIATURA

Durante la última glaciación, deambulaban por Norteamérica camellos, bisontes gigantes y enormes mamuts. Estos **megahervíboros** eran presa de **megacarnívoros** como grandes felinos, lobos y osos gigantes. El tigre dientes de sable, de constitución poderosa y temibles colmillos, era el mejor megacarnívoro equipado para emboscar y matar con rapidez sus grandes presas.

Los dientes caninos del Smilodon medían 18 cm. Estaban aserrados de ambos lados para cortar la carne con facilidad. Eran muy fuertes a lo largo, pero muy **frágiles** si recibían un golpe de lado. Un tigre dientes de sable debía tener mucho cuidado en el modo de atrapar a su presa.

El Smilodon tenía dientes curvados para entrar y salir con facilidad de la carne y dar un golpe mortal...

... dientes frontales para cortar...

... y dientes laterales para arrancar pedazos de carne que tragar.

Se cree que los tigres dientes de sable a veces cuidaban a los miembros enfermos o heridos de un grupo, como hacen los leones africanos hoy en día.

CALIFORNIA, ESTADOS UNIDOS, HACE 30 000 AÑOS.

DIENTE CORTANTE, EL MACHO ALFA DE UN GRUPO DE DIENTES DE SABLE, OBSERVA CÓMO SUS HEMBRAS SE APROXIMAN CON CAUTELA A UN BISONTE GIGANTE QUE SE ACERCÓ DEMASIADO A LOS ÁRBOLES.

DEBE LLEGAR A LA DISTANCIA DE ATAQUE. SI LA PRESA EMPIEZA A CORRER, SERÁ IMPOSIBLE DE ATRAPAR.

POR AHORA, EL JOVEN BISONTE NO PERCIBE A SUS ACOSADORAS.

DIENTE CORTANTE PERDIÓ LA MITAD DE UNO DE SUS ENORMES CANINOS DURANTE UNA PELEA CON UN MAMUT, PERO NO IMPORTA. LAS HEMBRAS SON PERFECTAMENTE CAPACES DE CAZAR POR ÉL.

EL PASTO LARGO Y LOS ARBUSTOS OTORGAN UNA EXCELENTE CUBIERTA PARA LA EMBOSCADA. DOS HEMBRAS SE APROXIMAN. SE ACERCAN LOS MOMENTOS FINALES DEL BISONTE.

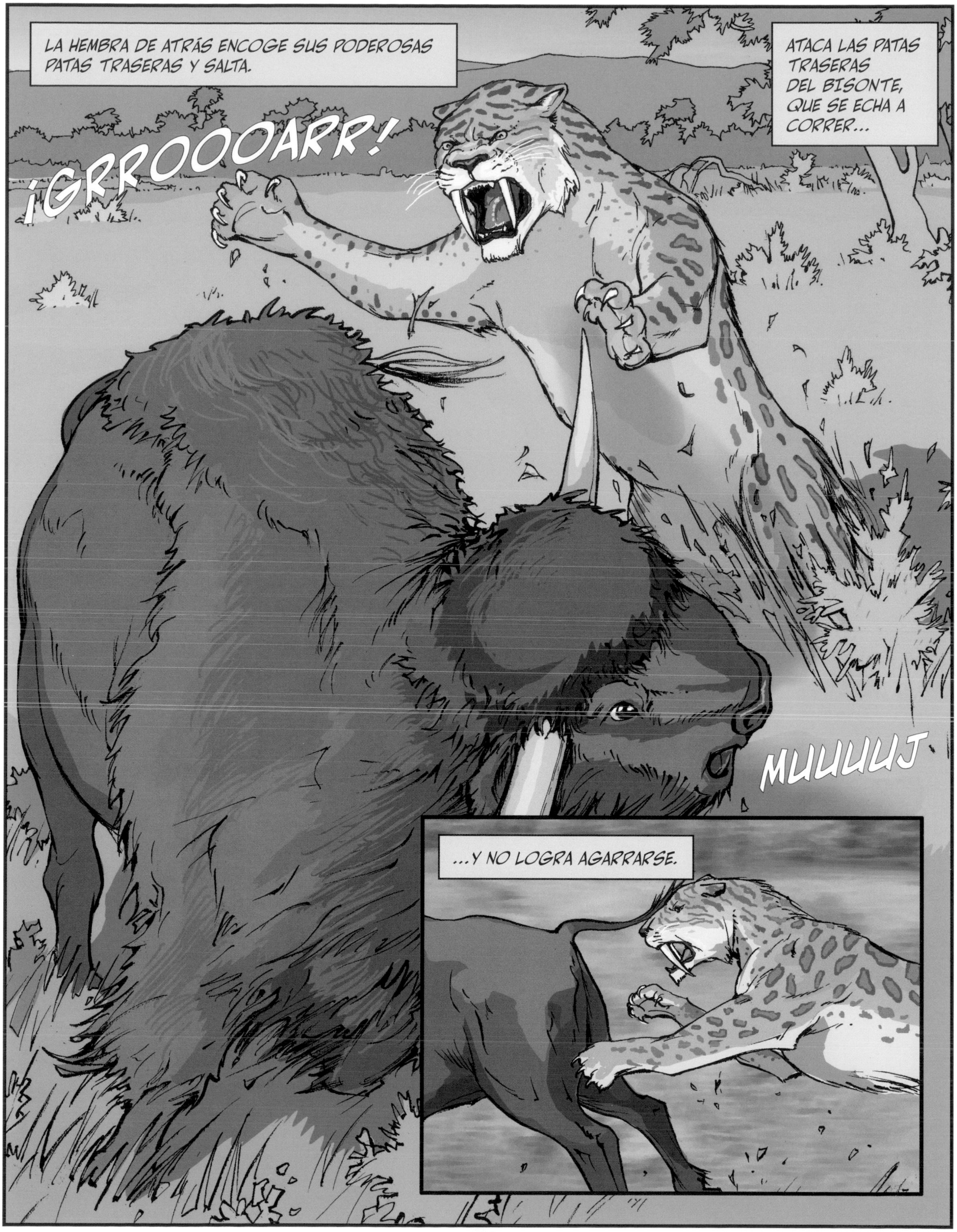
LA HEMBRA DE ATRÁS ENCOGE SUS PODEROSAS PATAS TRASERAS Y SALTA.
¡GRROOOOARR!
ATACA LAS PATAS TRASERAS DEL BISONTE, QUE SE ECHA A CORRER...
MUUUUJ
...Y NO LOGRA AGARRARSE.

OTRA HEMBRA SALTA SOBRE EL BISONTE Y LO SUJETA EN UN ABRAZO MORTAL. LO DERRIBA GRACIAS A LA ENORME FUERZA DE SU TORSO.

¡MUUUJJI!

LA OTRA HEMBRA SALTA Y ESTA VEZ LOGRA CLAVAR SUS GARRAS COMO GUADAÑAS EN LA CARNE.

¡GROOOAR!

EL BISONTE ESTÁ ATRAPADO.

UNA TERCERA HEMBRA APARECE ENTRE EL PASTO. ESPERABA CON PACIENCIA SU MOMENTO. ES LA VERDUGO.

¡GROOOAR!

MUUUUUUUUUUUUUUUUU

SE UBICA CON CUIDADO FRENTE A LA GARGANTA DEL BISONTE QUE LUCHA...

...HUNDE SUS CANINOS Y JALA HACIA ATRÁS. DE INMEDIATO CORTA LA TRÁQUEA Y LOS PRINCIPALES VASOS SANGUÍNEOS DEL CUELLO.

GRRRRR

SACA CON RAPIDEZ SUS DIENTES DE SABLE.

EL BISONTE ESTARÁ MUERTO EN SEGUNDOS.

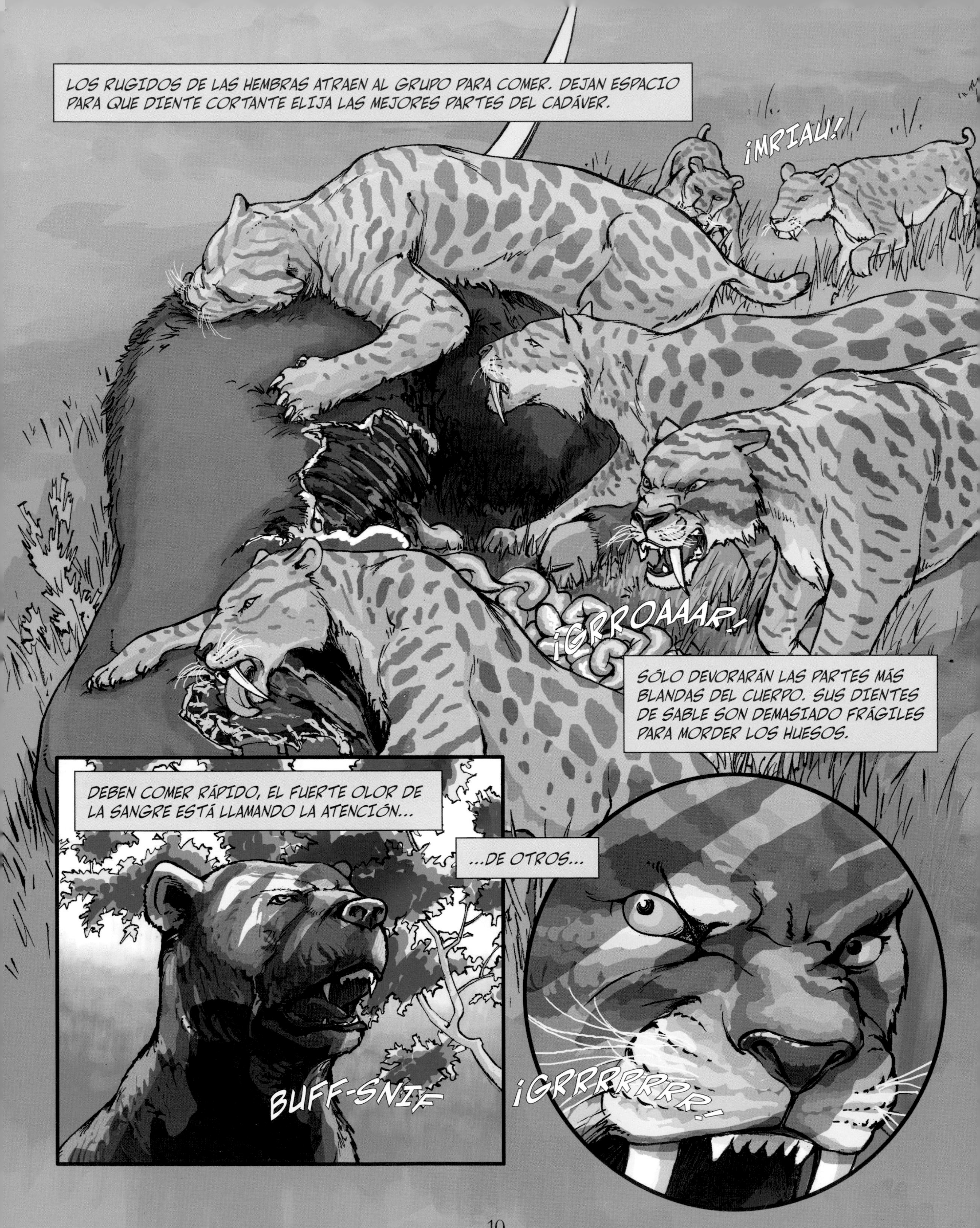
LOS RUGIDOS DE LAS HEMBRAS ATRAEN AL GRUPO PARA COMER. DEJAN ESPACIO PARA QUE DIENTE CORTANTE ELIJA LAS MEJORES PARTES DEL CADÁVER.
¡MRIAU!
¡GRRROAAAR!
SÓLO DEVORARÁN LAS PARTES MÁS BLANDAS DEL CUERPO. SUS DIENTES DE SABLE SON DEMASIADO FRÁGILES PARA MORDER LOS HUESOS.
DEBEN COMER RÁPIDO, EL FUERTE OLOR DE LA SANGRE ESTÁ LLAMANDO LA ATENCIÓN...
...DE OTROS...
BUFF-SNIF
¡GRRRRRRR!

LA PRESA ATRAE A UN OSO GIGANTE DE HOCICO CORTO QUE SALE DE DETRÁS DE LOS ÁRBOLES, SE YERGUE EN TODA SU ALTURA Y RECLAMA CON UN RUGIDO SU DERECHO A LA PRESA.

¡BRROUAAAJ!

EL ENORME OSO TIENE VENTAJA. LOS DIENTES DE SABLE NO PONDRÁN EN RIESGO SUS DIENTES, Y SUS ZARPAS NO PUEDEN COMPETIR CON LAS GARRAS DEL OSO.

TODOS MENOS DIENTE CORTANTE HAN RETROCEDIDO. SIN DEJAR DE COMER, RESPONDE CON UN RUGIDO.

¡GROAAAAAAR!

PERO DE PRONTO SE DISTRAE.

OTRO MACHO DIENTES DE SABLE SE ACERCA...

¡GROARR!

DE PRONTO, EL OSO LANZA A DIENTE CORTANTE HACIA UN LADO CON UN PODEROSO ZARPAZO.

¡ROARJ!

¡RAAAAAS!

DIENTE CORTANTE ESTÁ HERIDO. SE ALEJA COJEANDO HACIA SU GRUPO. LAS AVES VUELAN EN CÍRCULOS ESPERANDO A QUE EL OSO TERMINE CON EL BISONTE.

EL MACHO DESCONOCIDO TIENE UNA CICATRIZ BLANCA SOBRE EL HOCICO. SE ADELANTA A DIENTE CORTANTE DE UN SALTO.

BLOQUEA EL CAMINO DE DIENTE CORTANTE HACIA EL CLAN Y LO DESAFÍA...

¡ROAAAARRR!

DIENTE CORTANTE TIENE COSTILLAS ROTAS Y UNA PATA HERIDA. NO ESTÁ EN CONDICIONES DE PELEAR. SE ALEJA.

¡ROAAAR!

CICATRIZ BLANCA SE ACERCA A LAS HEMBRAS. CON RUGIDOS LE ADVIERTEN QUE GUARDE SU DISTANCIA. NO SERÁ ACEPTADO DEL TODO HASTA QUE LOS CACHORROS DE DIENTE CORTANTE HAYAN CRECIDO.

¡GRIIE!

SI SE LES ACERCA DEMASIADO, PODRÍA COMÉRSELOS.

PASAN LAS SEMANAS Y EL ESTADO DE DIENTE CORTANTE EMPEORA AUNQUE SUS HERIDAS VAYAN SANANDO.

SE HA CONVERTIDO EN UN VAGABUNDO FLACO Y HAMBRIENTO. EL CLIMA HA SIDO CÁLIDO Y LLUVIOSO, Y LA COMIDA ESCASEA.

CUANDO INTENTÓ ACERCARSE A UN CAMELLO, LA PRESA DE UNOS LEONES AMERICANOS, EL MACHO ALFA LO AHUYENTÓ. UNA MANADA DE LOBOS GIGANTES ESPERABA A LOS LADOS PARA RELEVAR A LOS LEONES CUANDO ÉSTOS ACABARAN.

¡RAAAAR!

DIENTE CORTANTE TUVO QUE PELEAR CON UN TERATORNO, UN AVE PARECIDA A UN BUITRE, POR LAS SOBRAS QUE DEJARON LOS LOBOS.

14

ABUNDAN LAS PRESAS MÁS PEQUEÑAS COMO LOS BERRENDOS, PERO LOS DIENTES DE SABLE NO ESTÁN HECHOS PARA LAS PERSECUCIONES A ALTA VELOCIDAD.

LOS CONEJOS Y PECARÍES NO LE LLENAN LA BARRIGA Y ADEMÁS SON DIFÍCILES DE COMER CON SUS CANINOS DESCOMUNALES.

¡GROAANYAAARG!

LAS COSAS SE VEN MUY NEGRAS.

UNA TARDE, MIENTRAS BUSCA AGUA, LOS OÍDOS DE DIENTE CORTANTE DETECTAN EL SONIDO LEJANO DE UN ANIMAL QUE GRITA ANGUSTIADO.

¡BRIIU! ¡BRIIU! BRII

SE DIRIGE HACIA EL SONIDO. UN ANIMAL ATRAPADO O HERIDO PODRÍA SER UNA PRESA FÁCIL.

¡BRIIU! ¡BRIIU! ¡BRIIU! ¡BRIIU! ¡BRIIU!

UN MAMUT COLOMBINO ESTÁ VARADO EN UN ESTANQUE CENAGOSO POCO PROFUNDO.

HABÍA INTENTADO LLEGAR A UN GRUPO DE ÁRBOLES JÓVENES EN MEDIO DEL AGUA.

¡BRAUUUUM! ¡BRIIU! ¡BRIIU! ¡BRIIU! ¡BRIIU!

AL ENTRAR AL AGUA SUS PATAS SE HUNDIERON EN LA BREA NEGRA QUE BURBUJEABA JUSTO DEBAJO DE LA SUPERFICIE...

¡PLOC!

ERA COMO PEGAMENTO.

¡BRAUUUUM!

DIENTE CORTANTE NO SABE QUE TODO EL ESTANQUE ES UNA TRAMPA MORTAL. EL MAMUT COMIENZA A CANSARSE. SUS BARRITOS SE VAN DEBILITANDO.

ADEMÁS DE UN LINCE OCULTO, EL DIENTES DE SABLE ES EL ÚNICO GRAN DEPREDADOR EN EL LUGAR.

DIENTE CORTANTE ESTIRA UNA PATA PARA ENTRAR AL PANTANO CUANDO...

¡RAAAAR!

CICATRIZ BLANCA APARECE A LA CABEZA DEL CLAN DE DIENTES DE SABLE. TAMBIÉN ESCUCHARON LOS GRITOS.

¡RAAAAR!

¡GRROOAR!

LE ADVIERTE A DIENTE CORTANTE QUE SE ALEJE.

¡RAAAAR!

ESTA PRESA SERÁ SUYA.

¡ROAAAR!

LAS HEMBRAS Y LAS CRÍAS OBSERVAN CÓMO CICATRIZ BLANCA ENTRA AL AGUA.

¡GRRRRRRRRR!

SUS FUERTES PATAS LO LLEVAN A MEDIO CAMINO HACIA EL MAMUT...

...PERO NO MÁS LEJOS.

¿RAAAAR?

EL ASFALTO APRISIONA SUS PATAS. ESTE FOSO DE ALQUITRÁN SERÁ SU TUMBA.

ROUUUUUUU...

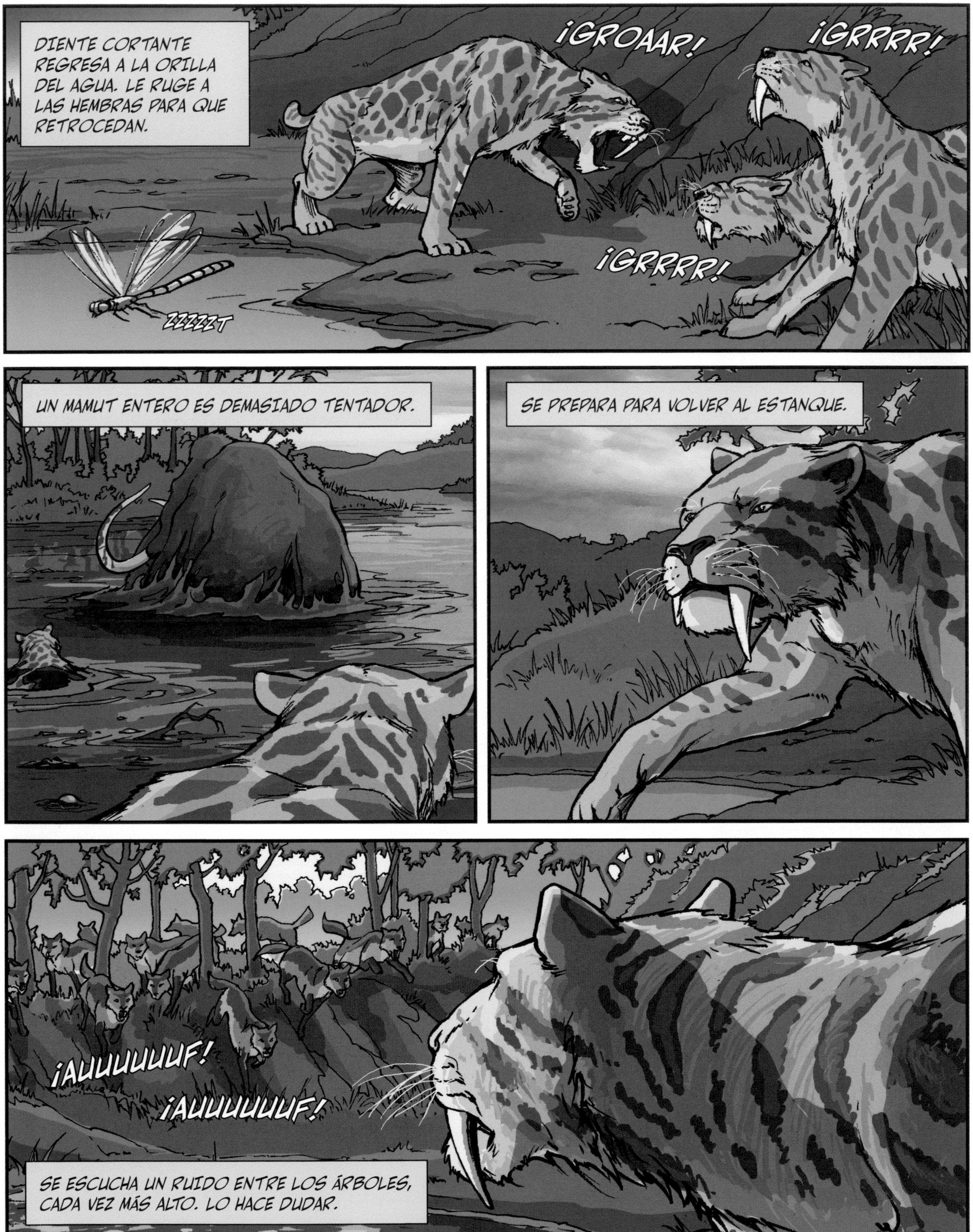
DIENTE CORTANTE REGRESA A LA ORILLA DEL AGUA. LE RUGE A LAS HEMBRAS PARA QUE RETROCEDAN.
¡GROAAR!
¡GRRRR!
¡GRRRR!
ZZZZZT
UN MAMUT ENTERO ES DEMASIADO TENTADOR.
SE PREPARA PARA VOLVER AL ESTANQUE.
¡AUUUUUUF!
¡AUUUUUUF!
SE ESCUCHA UN RUIDO ENTRE LOS ÁRBOLES, CADA VEZ MÁS ALTO. LO HACE DUDAR.

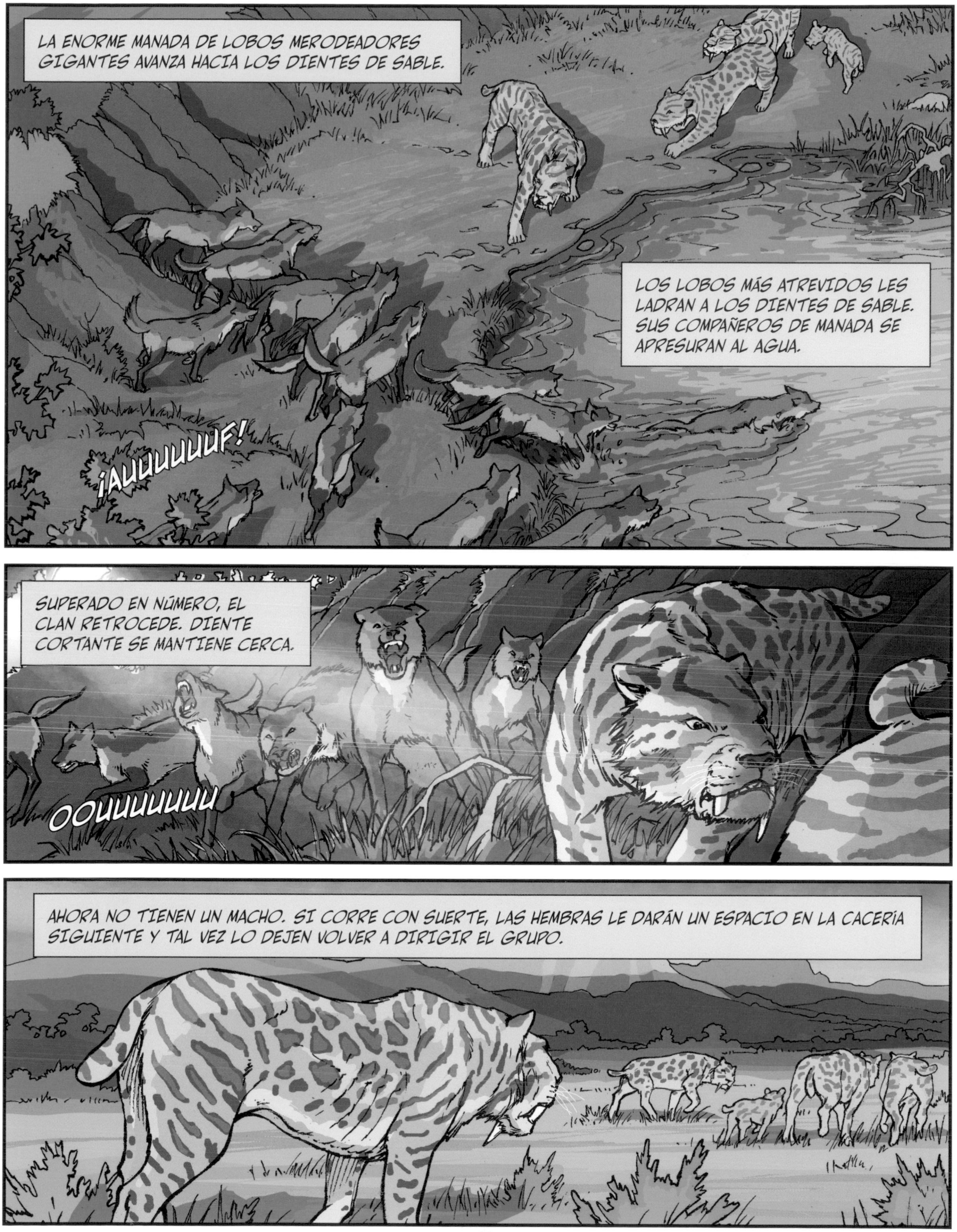
LA ENORME MANADA DE LOBOS MERODEADORES GIGANTES AVANZA HACIA LOS DIENTES DE SABLE.
LOS LOBOS MÁS ATREVIDOS LES LADRAN A LOS DIENTES DE SABLE. SUS COMPAÑEROS DE MANADA SE APRESURAN AL AGUA.
¡AUUUUUUF!
SUPERADO EN NÚMERO, EL CLAN RETROCEDE. DIENTE CORTANTE SE MANTIENE CERCA.
OOUUUUUUU
AHORA NO TIENEN UN MACHO. SI CORRE CON SUERTE, LAS HEMBRAS LE DARÁN UN ESPACIO EN LA CACERÍA SIGUIENTE Y TAL VEZ LO DEJEN VOLVER A DIRIGIR EL GRUPO.

LOS RESTOS FÓSILES

LOS CIENTÍFICOS HAN DESCUBIERTO CÓMO ERAN LOS ANIMALES ANTIGUOS GRACIAS AL ESTUDIO DE SUS RESTOS FÓSILES. LOS FÓSILES SE FORMAN A LO LARGO DE MILLONES DE AÑOS, CUANDO ANIMALES O PLANTAS QUE QUEDAN SEPULTADOS SE CONVIERTEN EN ROCA.

El tigre dientes de sable más grande que conocemos, *Smilodon populator* (destructor), vivió en América del Sur. Sus impresionantes sables medían unos 30 cm de longitud. La mayor parte de los fósiles de diente de sable se han hallado en los fosos de alquitrán de La Brea, en Los Ángeles, Estados Unidos. Muchos tienen heridas que sanaron y algunos tienen dientes rotos: cazar presas grandes era un trabajo duro.

Smilodon populator

A finales de la última glaciación se extinguieron los dientes de sable de América del Norte y del Sur, así como el oso gigante y el león americano. Es posible que el clima más caluroso haya mermado los ricos pastizales y que esto acabara poco a poco con las grandes presas. A diferencia de los coyotes o los lobos, el dientes de sable sólo estaba adaptado para cazar animales lentos y grandes, y no era buen carroñero. Su constitución pesada y sus impresionantes sables fueron su perdición.

Smilodon fatalis

GALERÍA ANIMAL

Busca los **animales** que aparecen en la historia.

Pecarí de cabeza plana
Platygonus compressus
Longitud: 90 cm
Un mamífero pequeño, parecido
al cerdo salvaje moderno.

Lobo gigante
Canis dirus
Longitud: 1.9 m
Parecido al lobo gris moderno,
pero mucho más pesado.

León americano
Panthera atrox
Longitud: 3 m
Parecido al león africano, pero
con patas más largas y fuertes.

Teratorno
Teratornis merriami
Envergadura: 4 m
Un ave de presa parecida al cóndor con
un pico afilado en forma de gancho
para arrancar la carne.

Oso gigante de hocico corto
Arctodus simus
Altura erguido: 3.5 m
Este oso, el más grande jamás encontrado,
tenía patas largas y enormes mandíbulas
trituradoras de huesos.

Mamut colombino
Mammuthus columbi
Longitud total, incluyendo colmillos: 8.7 m
Un elefante primitivo con largos colmillos
en espiral.

Bisonte gigante
Bison latifrons
Longitud: 4.5 m
Más grande y pesado
que el bisonte moderno.

GLOSARIO

asfalto Una mezcla aceitosa de brea y arena.

cadáver El cuerpo de un animal muerto.

canino Diente puntiagudo entre los dientes frontales y los molares de un mamífero, agrandado en los carnívoros para arrancar carne.

carnívoro Un animal que come carne.

depredador Un animal que caza y devora a otros.

fósiles Los restos de seres vivos que se convirtieron en piedra.

foso de alquitrán Un charco pegajoso de petróleo que brota del suelo.

frágil Que se rompe con facilidad.

herbívoro Un animal que come plantas.

macho alfa El macho de mayor rango en un grupo de animales sociales, como los leones, los lobos y los perros.

merodeador Que ronda con la intención de atacar.

Pleistoceno, periodo Periodo transcurrido entre 1 640 000 y 10 000 años atrás, marcado por una serie deglaciaciones.

tráquea El conducto por el que pasa el aire de la garganta a los pulmones de un animal.

ÍNDICE